오월에 내리는 눈

오월에 내리는 눈

1판 1쇄 2025년 1월 1일

지은이 정수린   **그린이** 배민경

펴낸이 모계영   **펴낸곳** 가치창조
출판등록 제406-2012-000041호
주소 경기도 고양시 일산동구 중앙로 1347 쌍용플래티넘 228호
전화 070-7733-3227   **팩스** 031-916-2375
이메일 shwimbook@hanmail.net
ISBN 978-89-6301-399-2 73810

ⓒ 정수린, 배민경 2025

단비어린이는 가치창조 출판그룹의 어린이책 전문 브랜드입니다.

이 책은 광주광역시 GWANGJU CITY / 광주문화재단 의 지역문화예술육성지원사업으로 지원 받아 발간 되었습니다.

오월에
내리는 눈

정수린 글 | 배민경 그림

단비어린이

작가의 말

　어린이 여러분, 반가워요. 선생님이 그동안 써 두었던 다섯
편의 이야기를 모아 동화집 《오월에 내리는 눈》을 출간하게
되었어요.

　이 책에는 다섯 편의 이야기가 실려 있는데요. 〈빨간 구두〉
는 경철 삼촌의 이야기를 한동네에 사는 현석이가 들려줍니
다. 〈오월에 내리는 눈〉과 〈큰 대문 집 대장〉, 그리고 〈학교
가는 길〉은 현석이의 여동생이 들려주는 이야기이고, 〈주먹밥
특공대〉는 현석이 어머니가 일하는 국밥 집 막내아들이 들려
주는 이야기예요.

　다섯 편의 이야기 모두 5 · 18민주화운동을 목격한 어린이
들의 시선이 담겨 있어요.

5 · 18민주화운동 당시 광주 시민들은 민주화를 위해, 각자 역할을 찾아 서로 도우며, 스스로 질서를 지켜 냈어요. 그 기록은 유네스코 세계기록유산으로 지정되었지요.

여러분이 민주화의 가치를 소중히 여기고 더 나은 세상을 펼쳐나가길 응원할게요. 그러기 위해서는 스스로 할 수 있는 작은 배려부터 실천해 보면 어떨까요? 제가 다음에 출간하게 될 책의 주인공은 여러분이면 좋겠어요.

이 책이 나오기까지 도움을 주신 이성자문예창작연구소, 5 · 18문학상 심사위원인 박상률, 정란희, 안오일 작가님, 광주문화재단, 오월어머니집, 단비어린이출판사에 감사드려요.

정수린

차례

빨간 구두

현석이가  들려주는 이야기

엄마가 구두를 맞추러 양화점(구두 가게)에 갈 때, 따라간 적이 있었다. 그곳에는 과자 가게 큰아들인 경철 삼촌이 일하고 있다.

양화점에 갔을 때 삼촌은 귀가 어두운 중학생 형에게 수화를 가르치고 있었다. 소리 없이 말을 주고받을 수 있다는 게 신기했다. 나도 수화를 배우겠다고 삼촌에게 졸랐다.

그때부터 두달 동안 나는 중학생 형과 함께 수화를 배우고 있다.

오늘도 양화점에 갔다.

"현석이 왔냐?"

사장님이 콧볼에 안경을 걸친 채 반겨줬다. 귀가 들리지 않는 사람들이 구두도 만들고 수화도 할 수 있게 도와주는 좋은 분이다.

-어서 와. 어머니 생일 선물을 준비하고 있었어.

삼촌은 빨간색 가죽을 기우다 말고 수화를 전했다.

"아주머니가 기뻐하실 것 같아요."

나는 일부러 입을 크게 벌리며 말했다.

삼촌은 일곱 살 때 열병을 앓고 듣지 못하게 되었지만 입 모양을 보면 어느 정도는 알아들을 수 있다.

중학생 형이 구두 굽을 내리치다가 나를 보더니 망치를 내려놓았다. 우리는 함께 수화를 배우며 서로 주고받는 말이 늘어났다. 오늘도 나는 더 많은 소리를 볼 수 있게 되었다.

삼촌은 소리로 갈라진 세상을 하나로 만들어 놓은 셈이다. 들리는 사람과 들리지 않는 사람을 이어 주는 천사의 음성이 수화다.

공부를 마치자 사장님이 삼촌을 붙들었다.

"경철아, 어머니 구두는 나중에 드리고 내일부터 오지 마라."

사장님은 계엄령이 끝나면 다시 오라고 했다.

-내일까지만 오겠습니다.

삼촌이 사장님의 수첩에 글씨를 써 보였다.

"알았다, 별일 있겠냐? 현석이 데리고 들어가거라."

사장님이 가게 문을 열어 주었다.

벚꽃이 만발한 거리를 걸었다. 화창한 날이었다. 수창 국민학교를 지나가니 삼촌의 오랜 꿈이 떠올랐다.

"삼촌은 나 때문에 꿈을 이뤘어요. 내가 가끔 선생님이라고 불러 주잖아요."

장난스럽게 생색을 냈다.

삼촌이 빙긋이 웃었다.

"삼촌 어머니께 들었어요, 공부도 잘해서 선생님이 꿈이었다면서요."

삼촌이 어깨를 으쓱해 보였다.

-선생님이 안 돼도 괜찮아. 다른 꿈이 생겼어.

"뭔데요?"

-사람들이 내가 만든 구두를 신고서 멋지게 걸어 다니면 좋겠어.

삼촌은 고개를 젖히고 하늘을 올려다봤다.

나도 삼촌을 따라 힘차게 팔을 흔들었다. 멋진 구두를 신은 것처럼 당당하게 걸었다. 낡은 운동화 두 켤레가 집으로 행진했다.

일요일 밤이 되었다. 우리 큰 대문 집 마당이 떠들썩했다.

"누가 우리 경철이 소식 못 들었어? 양화점에 출근했다가 밤늦도록 안 들어왔어."

과자 가게 아주머니가 외쳤다. 삼촌의 어머니다.

삼촌이 사라진 첫째 날이다. 어머니에게 첫 구두를 선물할 수 있어서 기쁘다고 했던 삼촌이다.

"세상에나, 양화점이면 충장로에 있잖아요."

엄마가 화들짝 놀라 방문을 열었다.

양말 집 아주머니도 마당에 나와 부르르 떨었다. 양말 팔러 나갔다가 별꼴을 다 봤다고 했다. 군인들이 시커멓게 깔려서 젊은 사람들만 잡아다 패고 난리통이라고 했다.

"청년 한 명이 위험해서 우리 가게에 숨겨 줬는데 누가 우리 경철이도 도와줬으면 좋겠네."

과자 가게 아주머니가 울먹였다.

"경철이가 말없이 안 들어올 리가 없어요."

엄마가 삼촌을 찾아보자고 했다.

양말 집 아주머니, 주인집 아저씨, 홍구 삼촌네 할머니까지 큰 대문을 나섰다.

다음 날, 과자 가게 아주머니는 가게 문을 닫았다. 아침부터 엄마가 우리 집으로 모셔 왔다. 삼촌을 찾을 때까지 함께 지내기로 했다. 삼촌이 사라진 둘째 날이다.

삼촌은 동네에서 '과자 가게에 잘생긴 큰아들'로 통한다. 성격도 좋고 잘하는 것도 많다. 진짜 내 삼촌이면 좋겠다고 생각했었다. 우리 집은 나만 빼고 여자들 뿐이다. 나는 2학년 여동생과 막내 현아, 엄마와 함께 산다.

"양화점에 전화는 해 보셨어요?"

엄마가 과자 가게 아주머니에게 물었다.

"점심 먹고 집에 가겠다고 나왔대. 사장님이 말렸다는데 왜 출근했을까?"

아주머니가 가슴을 때렸다.

"아주머니 생일 선물을 준비하러 갔어요."

어른들 말에 내가 불쑥 끼어들었다.

"아이쿠, 경철아! 선물 안 받아도 되니까 제발 살아서 오너라."

아주머니는 방바닥을 내리쳤다. 귀가 멀어 군인들이 오는지도 모르면 어떡하냐며 눈물을 떨궜다.

"경철아, 제발 잡히지 말아라."

엄마도 천정을 보며 울먹였다.

"나 때문에 귀 멀어 고생, 가난해서 고생하다가……."

아주머니는 곧 쓰러질 듯 보였다.

삼촌도 같은 말을 했었다.

-나 때문에 어머니가 고생만 했어.

삼촌은 어머니에게 드릴 구두에 굽만 달면 된다고 좋아했었다. 어머니가 빨간 구두를 신고 꽃길만 걸으면 좋겠다고 했었다.

어른들은 충장로, 금남로, 도청까지 발이 닿도록 돌아다니다 왔다. 나는 어쩌면 양화점에 있을 수도 있다고 말했다. 하지만 어른들은 양화점에서 나간 뒤 사라졌으니 갈 필요가 없다고 했다.

늦은 밤, 양말 집 아주머니가 과자 가게 아주머니에게 찾아와 쌈짓돈이 든 누런 편지 봉투를 내밀었다. 상무대나 감옥을 지키는 군인에게 주자고 했다. 장사하면서 들어보니 군인에게 봉투를 주면 실종자의 생사를 알 수 있다고 했다.

삼촌이 사라진 셋째 날 아침이다. 어른들은 모두 도청으로 갔다. 아이들에게는 한 발자국도 밖으로 나가지 말라며 임포를 놨다.

오늘은 과자 가게 아주머니의 생일이다. 삼촌은 아주머니 생일에 꼭 선물을 드리겠다고 했었다. 더 이상 두고 볼 수가 없다. 어른들이 가지 않는 양화점에 가 봐야겠다. 우선 여자아이들 입단속부터 시켜야 했다. 양말 집 쌍둥이와 주인집의 5학년 남동생을 불러 모았다. 무슨 수가 좋을지 작전을 모의했다.

남자들끼리 전쟁놀이를 하는 척하기로 했다. 전쟁놀이는 마당에서 시작했다. 옥상으로 올라갔다가 다시 내려왔다. 주인집 동생이 대문을 지키기로 하고 쌍둥이들과 밖으로 나갔다.

밖은 진짜 전쟁이었다. 장갑차와 군용 트럭이 도로를 점령했다. "폭도들에게 알린다. 너희는 포위됐다."라는 소리가 들렸다. 삼촌이 잡히지는 않았을까? 군용 트럭을 봤다. 군인과 눈이 마주쳤다. 무서웠다.

군인들을 피해 겨우 양화점에 왔다. 하지만 셔터에 자물쇠가 걸려 있었다. 여기까지 와서 물러날 수는 없다. 창틀도 보고 쓰레기통 밑도 살폈다. 나란히 놓인 화분 밑도 보았다. 화분 밑에서 열쇠를 찾았다.

"꼬맹이들이 여기가 어디라고 와?"

낮게 깔린 목소리에 우리는 꼼짝도 못했다.

"수상하게 남의 가게는 왜 기웃거리지?"

검은 그림자가 우리를 덮쳤다.

"위험하니까 어서 집으로 가거라."

거대한 그림자가 순간 사라지더니 내 옆에 붙어 앉았다.

철썩, 등짝을 맞았다. 생각보다 아프지 않았다. 그림자의 주인은 수염이 희끗한 아저씨였다. 마음이 놓였다.

"귀가 어두운 삼촌이 무사한지 보러 왔어요."

내 말을 들은 아저씨가 셔터를 위로 밀어 올려 주었다.

드디어 유리문이 드러났지만 잠겨 있었다. 삼촌이 안에서 잠 갔는지도 모른다. 우리는 마구 문을 두드리며 삼촌을 불렀다.

"바보들, 삼촌은 귀가 안 들리잖아. 괜히 군인들 눈에만 뜨이겠어."

쌍둥이 중에서 형이 말했다.

조심스럽게 유리문 안을 기웃거렸다. 빨간 구두에 굽이 달려 있는 게 보였다. 생일 카드와 봉투는 바닥에 있었다. 급하게 떨어뜨린 모양이다.

삼촌은 행동이 굼떠 멀리 가지 못했을 것이다. 여기 있다고 해도 무척 배고플 텐데 걱정이다.

"비켜 봐. 문 따는 것 하나는 자신 있어."

아저씨가 배 주머니에서 연장을 꺼냈다.

운이 좋게도 아저씨는 열쇠공이었다. 유리문이 열렸다. 우리도 모르게 환호성을 질렀다. 그 소리를 들은 군인 두 명이 우리 쪽으로 달려와 멈춰 섰다.

"우리 아들 친구들이 가게에 놀러 왔습니다."

열쇠공 아저씨가 나에게 어깨동무했다. 늦둥이 아들이라고 너스레를 부렸다.

군인들은 우리를 훑어보더니 곧장 돌아갔다. 아저씨의 능청스러운 연기 덕분에 위기를 넘겼다. 우리는 가게 안으로 들어가 흩어졌다. 나는 삼촌이 쓴 카드를 뒷주머니에 넣었다. 아주머니에게 드릴 생각이다.

언제 군인들이 들이닥칠지 모른다. 골목으로 난 창문을 열어 도망갈 구멍을 만들었다. 삼촌이 여기 있다면 군인들보다 먼저 찾아야 한다. 구석진 곳에 놓인 캐비닛을 열었다.

웅크리고 있던 삼촌이 놀라서 쳐다봤다. 퍼렇게 부은 눈을 제대로 뜨지 못했다. 완전 딴사람 같았다. 세로로 난 줄무늬 옷을 보고 삼촌인지 알아봤다. 삼촌이 평소에 자주 입던 옷이다.

동생 쌍둥이가 고개를 내밀어 창밖을 살폈다. 안전하다는
신호를 주었다.

-도망쳐요.

창문을 가리키며 미리 배워 둔 수화를 써먹었다.

삼촌이 절룩거리며 창가로 걸어갔다. 그때 밖에서 문을 두
드렸다. 열지 않으면 부술 것 같았다. 열쇠공 아저씨도 절룩거
렸다. 일부러 시간을 끌려고 천천히 문 앞으로 갔다.

-미안해.

삼촌이 엎드린 내 등을 밟고 창문을 넘었다.

-삼촌, 빨리 들어가요.

창밖에 있는 커다랗고 깊은 고무통을 가리켰다. 고무통은
상가들 사이 좁은 골목에 놓여 있었다. 삼촌이 고무통 뚜껑을
머리에 이고 들어갔다. 나는 잽싸게 창문을 닫았다.

"뭘 그리 꾸물대?"

군인들이 들이닥쳤다. 총을 들고 구석구석 살폈다.

아저씨가 보다시피 어린애들밖에 없다고 했다. 이 근처에서
대학생을 못 봤다고 했다. 군인들은 미심쩍은 표정으로 돌아

갔다.

열쇠공 아저씨도 집으로 갔다. 쌍둥이들도 어른들에게 소식을 전하러 갔다. 나는 삼촌 혼자 두고 갈 수 없었다. 지금 삼촌 혼자 있는 건 너무 위험했다.

어둑해지자, 열쇠공 아저씨가 오토바이를 몰고 돌아왔다. 아저씨는 주먹밥과 물, 여자 옷과 장신구를 가져왔다. 삼촌은 꽃무늬 몸뻬바지를 입고 양화점에 있는 여자 구두를 신었다. 스카프로 얼굴도 가렸다.

삼촌은 골목에 세운 오토바이에 올라탔다. 아저씨 등 위로 삼촌이 얼굴을 묻었다. 나는 그 뒤에 앉아 삼촌의 허리를 붙잡았다. 우리는 한 가족처럼 보였다.

큰 대문이 활짝 열렸다. 열쇠공 아저씨는 인사도 나누지 않고 잽싸게 가 버렸다. 헤어지기 아쉬웠다. 망을 보던 쌍둥이들이 대문을 잠갔다.

큰 대문 집 사람들이 우르르 마당으로 나와 삼촌을 반겼다. 과자 가게 잘생긴 큰아들이 돌아왔다며 훌쩍였다.

"내 아들 경철아! 살았으니까 됐다."

과자 가게 아주머니가 삼촌을 껴안고 울었다.

-어머니, 생신 축하드려요.

삼촌은 가슴에 품은 구두를 손으로 쓱쓱 문질렀다.

아주머니가 펑펑 울면서 새 구두를 신었다.

-어머니, 마음에 들어요?

삼촌이 해맑은 얼굴로 물었다.

"암, 너무 고와서 날아갈 것 같구나."

아주머니는 새처럼 팔을 흔들었다.

"참, 삼촌이 카드도 썼어요."

나는 바지 뒷주머니에서 구겨진 카드를 꺼냈다.

'어머니, 기쁘게 저를 낳아 주시고 사랑으로 길러 주셔서 감사합니다. 저한테 미안해하지 마세요. 저는 어머님 품에서 행복했어요. 다시 태어나도 꼭 어머니 아들로 태어날 겁니다.'

오월에 내리는 눈

현석이의 여동생이  들려주는 이야기

어른들은 도청으로 떠났다. 주인집 언니와 오빠, 나와 다섯 살짜리 동생 현아는 집에 남아 문지기를 해야 했다. 대학생이면 문을 열어 주고 군인이면 열어 주지 않는 게 우리들의 임무다. 우리끼리 문지기 순서를 정했는데, 오늘은 내 차례다.

우리는 수돗가에 피어 있는 채송화를 뜯어 소꿉놀이를 하고 있었다.

쾅쾅쾅! 요란하게 대문 두드리는 소리가 났다.

당번인 내가 문 앞으로 조심조심 다가갔다.

"누구세요?"

"대학생이야!"

이 말은 광주 사람이라는 암호다. 문을 열어 주었다.

"고맙다. 꼬마야."

헐렁한 운동복을 입은 곱슬머리 대학생 삼촌이 허겁지겁 대문 안으로 들어왔다. 삼촌은 담장 아래 텃밭을 지나 키 큰 살구나무에 등을 기대어 숨을 몰아쉬었다. 살구나무 가지는 멀리 마주 보는 무화과나무 가지와 빨랫줄로 묶여 있었다.

그 사이로 푸른 타일을 입은 네모난 수돗가가 있었다. 숨을 고른 삼촌은 수도꼭지에 물을 틀어 손으로 받아 마셨다.

"삼촌, 이리 오세요!"

주인집 마루에서 딱지치기하던 6학년 우리 오빠와 양말 집 오빠들이 대학생 삼촌을 향해 손을 흔들었다. 주인집은 기역 자 모양의 지붕과 툇마루에 격자무늬 창살의 유리문이 달린 개량 한옥이었다.

한옥 가운데는 주인집이 살고 오른쪽으로 꺾어지는 곳에 상하 방이 두 개 있는데, 양말 집과 사고로 몸을 다쳐 늘 앉아지내는 홍구 삼촌의 가족이 세 들어 살았다. 사람들은 홍구 삼촌을 앉은뱅이라고 불렀다. 그 옆에 평상 하나를 사이에 두고 있는 함석 지붕의 단칸방 독채가 우리 집이다.

"삼촌, 여기에 숨어요!"

오빠들이 마루 아래를 가리켰다. 삼촌은 몸을 뉘어 팔꿈치로 뒤뚱뒤뚱 기어갔다. 우리들은 마루 밑에서 꺼낸 돗자리를 펼치고 페인트 도구랑 빗자루, 소꿉놀이를 쌓아 삼촌이 보이지 않게 가려 주었다.

잠시 후에 턱턱턱, 대문을 발로 차는 소리가 들렸다.

"누구세요?"

나는 대문으로 뛰어가 큰 소리로 물어보았다. 아무 대답이 없었다. 가슴이 두근거렸다.

"대학생이에요? 군인이에요?"

나는 다시 대문 밖에 있는 사람에게 물어보았다.

"문 열어!"

누군지 말해 주지 않았지만 대학생은 아닌 것 같았다. 대문 밑 흙이 패인 곳을 살펴보았다. 구두코가 번쩍이는 군화가 보였다. 군인 아저씨가 분명하다.

"엄마 안 계세요."

엄마가 이렇게 말하면 갈 거라고 했다.

"문 열라니까!"

군인 아저씨는 가지 않았다.

"엄마가 모르는 사람한테는 문 열어 주지 말라고 했어요."

제발 군인 아저씨가 돌아가기를 기도하며 말했다.

"안 열면 총으로 쏜다."

나는 손이 벌벌 떨렸다. 숨이 막히는 것 같더니, 온몸이 불에 덴 것처럼 뜨거웠다.

어쩔 수 없이 대문을 열어 주었다. 군인 아저씨는 어깨부터 허리까지 내려오는 긴 총을 메고 있었다. 군인 아저씨와 눈이 마주쳤다. 심장만큼이나 오줌주머니도 부풀어 올랐다.

"화장실 어디 있나?"

군인 아저씨가 물었다.

"저, 저기요."

우리 집과 대문 사이 옥상 계단 아래 화장실을 가리켰다. 다행이다. 군인 아저씨는 광주 사람을 잡으러 온 게 아니라 화장실에 가고 싶었나 보다. 나는 다시 대문 앞으로 갔다. 혹시 대학생이 오면 도망가라는 신호를 해 주어야 했다.

"대학생 있어? 없어?"

화장실에서 나온 군인 아저씨는 가지 않고 나에게 총을 겨눴다. 총에는 칼날도 달려 있었다. 너무 무서워서 엄마가 보고 싶었다. 우리 엄마는 어디만큼 가고 있을까? 서부 경찰서 지나 돌고개 지나 양동 시장까지 갔을까.

"어, 없어요."

내가 떨리는 목소리로 대답하자 군인 아저씨가 총을 더 바짝 댔다.

바로 그 순간 하늘에서 선전 종이가 날렸다.

"학교에서 선전 종이를 보면 신고하라고 했어요. 그래도 신고 안 했어요."

나는 엉뚱한 대답을 하고 말았다.

정말이다. 매일 비행기가 뿌려 준 선전 종이가 마당에 쌓였지만 신고하지 않았다. 주워서 종이접기도 하고 종이 인형과 딱지를 만들어 놀면 심심하지 않았다.

"여기 우리 말고 아무도 없어요."

오빠가 다가서며 말했다. 군인 아저씨가 총으로 오빠를 밀었다. 오빠는 넘어지고 무릎에서 피가 흘러내렸다. 군인 아저씨는 성큼성큼 뒤뜰로 갔다. 벚나무 옆의 장독대와 부뚜막 위로 분홍색 벚꽃이 눈처럼 내려앉았다.

군인 아저씨가 녹슨 가마솥 뚜껑을 열어 보았다. 우리들은 군인 아저씨 뒤로 멀리 떨어져 우르르 몰려다녔다. 현아는 내 손을 꼭 잡고 놓지 않았다.

"지금 나와. 들키면 죄다 쏴 버릴 줄 알아."

군인 아저씨는 군화도 벗지 않고 주인집 마루로 올라갔다. 주인집부터 차례대로 방문을 걷어찼다. 깔아 놓은 이불을 밟고 다락과 옷장, 텔레비전 상자까지 뒤졌다.

마루에 있는 라디오가 부서지고 노랫소리가 그쳤다. 플라스틱 쌀통은 쌀알을 토하며 쓰러졌다. 홍구 삼촌네 방문이 열리지 않았다. 군화를 이기지 못한 문짝이 덜컹거리더니 곧 열리고 말았다. 홍구 삼촌이 겁에 질린 얼굴을 하고 있었다.

"나와!"

군인 아저씨가 홍구 삼촌에게 말했다. 홍구 삼촌은 손으로 방바닥을 짚으며 천천히 나오고 있었다. 오빠들이 부축해 주려고 했지만 군인 아저씨가 홍구 삼촌을 질질 끌고 마당에 내동댕이쳤다.

"살려주세요! 대학생 아니에요!"

홍구 삼촌이 머리를 감싸 쥐며 말했다.

"아니긴 뭐가 아니야. 교련복 입은 것들은 다 쳐 죽여야 돼."

군인 아저씨가 화가 잔뜩 난 얼굴로 홍구 삼촌을 때렸다.

어른들 말이 맞았다. 대학생처럼 보이기만 하면 군인들이 마구 때린다고 했었다. 어린 학생들까지 다쳤다고 어른들이 걱정했었다.

"일어나. 새끼야. 안 일어나?"

군인 아저씨가 쓰러져 있는 홍구 삼촌에게 소리 질렀다.

어떻게 하면 홍구 삼촌을 구할 수 있을까?

마루 아래 숨어 있는 대학생 삼촌과 우리가 힘을 합쳐도 저 군인 아저씨를 이길 수 없을 것 같았다.

"못 일어나요! 앉은뱅이에요. 제발 봐주세요!"

오빠가 말했다. 우리들도 싹싹 빌었다. 무엇을 잘못했는지 모르겠지만 무조건 빌었다. 홍구 삼촌을 구할 수 있다면 하루 종일 빌 수도 있을 것 같았다.

"살려주세요. 홍구 삼촌은 나쁜 사람 아니에요!"

현아가 군인 아저씨의 바지를 붙잡으며 말했다. 군인 아저씨는 현아도 걷어차 버렸다.

"엉엉엉. 홍구 삼촌 살려주세요! 대학생 봤어요!"

큰일 났다! 현아 때문에 다 들키게 생겼다.

"어디 있나?"

군인 아저씨가 현아에게 물어보았다.

현아는 눈물이랑 콧물이 범벅이 된 얼굴로 군인 아저씨를 올려다보았다.

"엉엉엉. 저기요, 저기서 봤어요!"

현아의 손가락이 가리킨 곳은 대문 쪽이었다.

군인 아저씨가 눈을 부라리며 대문 쪽으로 걸어갔다. 군인 아저씨는 대문을 열고 두리번두리번 살폈다. 아무도 없는 걸 확인하자, 대문을 꽝 닫고 밖으로 나갔다. 현아가 엉뚱하게도

밖에서 봤다는 대답을 한 것이다.

한참 후에 마루 아래 숨어 있던 곱슬머리 대학생 삼촌이 마당으로 나왔다. 대학생 삼촌은 홍구 삼촌이 마루 위로 올라갈 수 있게 도와주었다.

"애들아, 살려줘서 고맙다. 꼭 다시 만나자!"

대학생 삼촌은 군인 아저씨가 나갔던 반대 방향으로 뛰어나갔다.

오빠가 물수건으로 홍구 삼촌을 닦아 주었다. 상처 난 얼굴과 팔에 소독약도 발라 주었다. 우리는 지저분한 집을 청소하기 시작했다. 현아가 심심하다고 했지만 기다리라고 했다. 엄마가 돌아오면 깨끗한 방을 보여 주고 싶었다.

열심히 청소를 끝내고 현아에게 줄 종이배를 접었다. 현아는 커다란 양철 대야에 종이배를 띄우며 노는 걸 좋아했다.

대문 밖에서 확성기 소리가 들렸다. 어제보다 더 크게 들렸다.

"광주 시민 여러분, 대피하십시오. 특히 노약자는 안전하고 가까운 곳으로 속히 대피하십시오."

그런데 수돗가에서 물놀이 하던 현아가 보이지 않았다.

"현아야! 어디 있어?"

우리들은 집 안 구석구석까지 현아를 찾아보았지만 보이지 않았다.

대문이 열려 있었다. 현아가 대문 밖으로 나간 것 같았다.

나 때문이다. 대학생 삼촌이 나간 뒤에 대문을 잠그지 않았다. 화장실이 급해서 깜박 잊어버렸다.

"광주 시민 여러분, 저희 농성 경찰서는 끝까지 광주 시민의 목숨과 안전을 지키겠습니다. 계엄군이 몰려옵니다. 대피하십시오."

경찰 아저씨의 목소리가 가까이 들렸다.

"안 되겠다. 밖에 나가서 찾아봐야지"

오빠가 말했다. 엄마가 절대 집 밖으로 나가지 말라고 했지만 오빠와 나는 현아를 찾으러 뛰어나갔다.

진흥원과 삼일 체육사를 지났다. 파출소를 지나 농성 국민학교까지 달려갔지만 현아는 보이지 않았다.

"노랑 원피스를 입은 어린아이를 보호하고 있습니다. 어린아이를 찾는 분은 돌고개 정류장 5번 버스로 가십시오."

경찰차가 지나가며 확성기로 알려 주었다.

분명 현아 같았다. 오빠와 나는 돌고개 정류장으로 달려갔다. 버스 정류장에는 여러 대의 버스가 있었다. 창문 유리가 모두 깨져 있었다. 버스 안에는 피 흘리고 다친 사람들이 많이 모여 있었다. 백제 약국 약사님이 약상자를 들고 버스 안으로 들어가는 걸 보았다.

5번 버스를 찾았다. 운전석 옆자리에 앉은 어떤 아주머니가 현아를 안고 있었다. 현아는 훌쩍거리고 있었다.

"현아야!"

큰소리로 현아를 불렀다. 나도 모르게 눈물이 쏟아졌다.

"오빠아! 언니야!"

현아도 큰 소리로 울면서 뛰어나왔다. 오빠는 팔뚝으로 얼굴을 닦았다.

아주머니가 어서 집에 가야 한다고 했다. 오빠와 나는 아주머니를 앞질러 달렸다. 아주머니는 현아를 업고 뒤따라왔다. 경찰 아저씨의 확성기 소리와 함께 경보기도 울렸다.

"계엄군이 도청을 출발하여 이곳 농성동으로 이동합니다. 광주 시민 여러분의 소중한 목숨을 지키십시오."

뒤를 돌아보니 탱크와 장갑차가 몰려왔다. 대학생처럼 보이는 삼촌들을 가득 실은 군용 트럭도 보였다. 모두 옷이 벗긴 채 두 손이 뒤로 묶여 있었다. 무서워서 똑바로 올려다볼 수가 없었다. 군용 트럭은 서부 경찰서 비탈길로 올라가고 있었다.

아주머니 덕분에 우리만 무사히 집으로 돌아왔다.

"두두두둑, 두두두둑."

하늘에서 요란한 소리가 들렸다.

"비행기다! 비행기."

우리들은 하늘을 올려다보았다. 비행기가 또 선전 종이를 뿌렸다.

"와! 눈이 온다! 종이 눈!"

현아가 펄쩍펄쩍 뛰면서 떨어지는 종이를 잡았다.

바로 그때, 도청에 나간 엄마가 돌아왔다. 현아는 자랑이라도 하듯 선전 종이를 보여 주었다. 엄마가 무섭게 화를 냈다.

내일은 절대 줍지 말라며 종이를 구기고 찢어 버렸다.

다음 날도 비행기는 우리 집 마당에 찾아왔다. 우리들은 마당에서 구슬치기를 하고 있었다. 종이 눈이 내렸지만 줍지 않았다. 경보기 소리가 울려 퍼졌다. 홍구 삼촌이 방문을 벌컥 열고 우리들을 불렀다. 어서 피하라고 크게 소리쳤다.

갑자기 하늘에서 총알이 쏟아졌다. 총알을 맞은 양철 대야가 투웅 투웅 서럽게 울었다. 우리들은 재빨리 마루 아래로 숨었다. 총소리가 그칠 때까지.

큰 대문 집 대장

현석이의 여동생이  들려주는 이야기

큰 대문 집 안 여기저기서 못 박는 소리가 울렸다. 주인집 아주머니와 아저씨가 망치를 들고 다녔다. 집 안까지 총알이 날아와서 창문을 솜이불로 막아야 한다고 했다. 우리 집 창문에도 솜이불을 박아 주고 갔다.

엄마는 장롱에 있는 솜이불을 다 꺼냈다. 오빠랑 현아랑 함께 덮고 자라고 했다. 한여름 날씨에 솜이불까지 덮으니까 답답했다. 현아도 이불 밖으로 나오며 슬슬 짜증을 부렸다.

"나처럼 해 봐!"

오빠가 솜이불 위에서 옆으로 몸을 굴렸다.

애벌레처럼 솜이불 속에서 꿈틀거렸다. 현아가 그걸 보고 이불 속으로 들어가려고 했다.

"우리 큰아들 없었으면 엄마 혼자 현아를 어떻게 키웠을까?"

엄마가 오빠한테 고마울 때마다 쓰는 말이다.

오빠가 있어서 다행이다. 난 현아가 귀찮은데 오빠는 재미있게 잘 놀아 준다. 그뿐 아니다. 양말 집 오빠들을 누군가가 '쌍둥이 바보'라고 놀리면 오빠가 대신 싸웠다. 다리가 아픈 홍구 삼촌의 심부름도 도맡았다. 양화점에 숨어 있는 경철 삼촌을 데려오기도 했다.

그래서 오빠 별명이 '큰 대문 집 대장'이다.

"우리 아들, 이거 신어 봐라."

엄마가 오빠에게 기차표 운동화를 내밀었다.

오빠의 눈이 휘둥그레졌다. 몸을 굴려서 돌돌 말린 이불을 폈다. 벌떡 일어나 운동화에 발을 집어넣었다. 그동안 밑창이 닳아진 운동화를 신고 잘도 다녔다.

"좀 헐렁해요."

오빠는 엄마가 시키는 대로 열 걸음 정도 걸었다.

"맞을 줄 알았더니 좀 크네."

엄마가 실망스러운 표정을 지었다.

"경철 삼촌한테 밑창 넣어 달라고 부탁할게요."

오빠는 운동화가 마음에 드는 모양이다.

난 새 물건이 좋은데 오빠는 공짜면 다 좋다고 한다.

엄마는 오빠가 중학생이 되면 두 칸짜리 방으로 이사 가자고 했다. 코딱지만한 방 한 칸에서 조금만 더 고생하자고 했다. 하지만 아무리 봐도 코딱지보다는 큰 방이다.

"참, 국밥 집 형이 감옥에서도 너한테 교복을 물려 주라고 하더래. 나중에 보면 꼭 고맙다고 해라."

엄마가 오빠 머리를 쓸어 주며 말했다. 국밥 집은 엄마가 일하는 식당이다.

"엄마, 국밥 집 형이 빨리 감옥에서 나왔으면 좋겠어요."

오빠가 걱정스럽게 말했다.

"우리 국밥 집 큰아들을 위해 기도할까."

엄마가 현아를 무릎에 앉히고 두 손을 모았다. 우리 가족은 눈을 감고 함께 기도했다.

다음 날, 엄마는 교복을 가져오겠다고 나갔다. 현아는 유난히 짜증을 부리며 엄마를 찾았다.

"이것 봐, 슝슝."

나는 종이비행기를 접어서 현아를 달랬다.

현아는 일어나 내 팔을 잡아당겼다. 움직이는 비행기를 잡으며 좋아했다.

"또 해 줘."

현아가 비행기를 다시 나에게 줬다.

아까처럼 비행기가 날아가는 흉내를 내 달라고 졸랐다. 나는 열 번도 넘게 똑같이 해 줬다. 점점 귀찮아졌다.

"잠깐만 기다려."

나는 신문지를 가지러 갔다. 신문지 한 장을 넓게 펴서 양쪽 끝이 뾰족한 '로보트 태권브이' 머리 모양의 모자를 만들었다.

"현아야, 이것 봐."

태권브이 모자를 쓰고 현아를 불렀다.

"나도."

현아가 내 머리 위로 팔을 뻗었다. 갑자기 모자가 휙 벗겨졌다.

"안 돼!"

내가 소리쳤다.

주인집 오빠가 순식간에 모자를 가로챈 것이다. 놀잇감을 뺏긴 현아가 울음을 터뜨렸다. 그 소리를 들은 오빠가 달려왔다. 오빠는 물놀이를 좋아하는 현아를 수돗가로 데리고 갔다.

그사이 나는 종이배를 접었다. 대야에 종이배를 띄우면 현아가 조금 더 오래 놀 수 있다. 난 종이배를 들고 살금살금 현아 등 뒤로 갔다.

"짜잔!"

현아의 등을 살짝 두드리며 종이배를 내밀었다.

깜짝 놀란 현아가 대야에 팔을 뻗었다. 대야에 든 물이 찰랑거리다 오빠의 운동화에 쏟아졌다.

그때 양말 집 오빠들이 전쟁놀이를 하자고 왔다. 오빠는 어쩔 수 없이 헐렁한 새 신발로 갈아 신었다. 전쟁놀이를 위해 오빠들은 대문을 열고 나갔다.

"대문 앞 공터까지다! 멀리 가면 안 돼."

대문 밖으로 나가는 오빠들한테 나는 소리쳤다.

"알아, 엄마가 도로 나가는 쪽으로는 가지 말라고 했잖아."

오빠가 공터에 빗금을 그었다.

"운전병 나오라, 오버."

주인집 오빠가 주먹을 입에 대고 무전기를 쓰는 흉내를 냈다.

"서부 경찰서 대기, 오버."

"전투 상황 보고하라, 오버"

양말 집 오빠들도 무전기를 쓰는 척했다.

"오버는 춥다. 점퍼로 바꿔라, 오버."

오빠가 추운 척 몸을 떨며 장난말을 했다.

오빠들은 밖에서 들려오는 확성기 소리에 맞춰 재미있게 놀았다.

"현아가 심심하대, 이것 줄게. 우리도 끼워 줘."

나는 주인집 언니랑 신문지로 접은 태권브이 모자, 칼, 확성기를 내밀었다.

"좋아, 전쟁놀이할 사람 요리요리 붙어라."

오빠가 엄지손가락을 세웠다. 금세 엄지 탑이 쌓였다.

우리는 널따란 주인집 마루에 모였다. 그동안 주위 모았던 선전 종이를 가져왔다. 동그랗게 공처럼 구겨서 총알로 쓰기로 했다. 그걸 서로 던져서 맞추기로 했다.

"손바닥 뒤집어서 편 가르기 하자."

주인집 언니가 말했다.

모두 앞으로 손을 뻗었다. 오빠는 손등을 내밀고 나는 손바닥을 내밀었다. 오빠는 쌍둥이 오빠들과 함께 다른 편 대장이 되었다. 주인집 언니랑 주인집 오빠는 우리 편이다. 현아는 아무 편이나 할 수 있다.

우리는 태권브이 모자를 쓰고 허리에 칼도 찼다. 고깔을 만들어 종이 총알 다섯 개씩 나누어 담았다.

"자, 현아는 아무 데나 다 던져도 돼."

오빠가 종이 고깔에 남은 총알을 다 넣어 현아에게 줬다.

현아가 좋아서 깡충깡충 뛰었다.

"잠깐, 현아는 어린이 역할이니까 쏘기 없기."

오빠가 종이 확성기에 대고 말했다.

"당연하지."

모두 칼을 들고 외쳤다.

"넌 어린이니까 아무도 너한테 총 안 쏠 거야."

내가 현아에게 다시 알려 줬다.

대문 밖에서 사이렌이 울렸다. 전쟁놀이하기에 알맞은 날이다.

"광주 시민 여러분 잠시 후 계엄군이 이곳을 지나갑니다. 속히 안전하게 대피하시기 바랍니다."

오빠가 종이 확성기를 입에 댔다. 밖에서 들리는 확성기 소리에 맞춰 고개를 움직였다. 모두 손나발을 입에 대고 따라 하며 웃었다. 확성기의 목소리가 다급하면 우리들의 손나발도 재빠르게 움직었다.

"모두 들었지? 위험하다고 하니까 오늘은 공터로 나가지 말자."

오빠가 대문을 닫았다.

우리는 수돗가를 사이에 두고 양쪽 땅으로 갈라졌다.

"준비, 땡!"

오빠가 전쟁놀이의 시작을 알렸다.

모두 몸을 숨겼다. 대문 밖은 진짜 전쟁이지만 대문 안은 전쟁놀이로 재미있다.

나는 오백 원짜리 하늘색 비닐우산을 폈다. 탱크가 지나가는 것처럼 비닐우산을 빙그르르 돌리며 전진했다. 그 안에서 몸을 숙이며 총알을 피해 다녔다. 가짜 총알이라도 진짜 맞기 싫었다.

대문 밖에서는 계속 사이렌이 울렸다.

"지금 계엄군이 이곳으로 오고 있습니다. 광주 시민 여러분의 소중한 목숨을 지키시길 바랍니다."

빵, 나는 옥상 계단 아래에 있는 오빠를 맞혔다. 오빠 편은 모두 아웃이다. 우리 편은 승리의 환호성을 질렀다. 대문 옆에 세워 둔 수레는 우리 편이 차지한다.

수레는 멋진 탱크로 변신했다. 이긴 편은 차례대로 탱크에 탄다. 현아와 내가 제일 먼저 탔다. 오빠가 끌고 양말 집 오빠들이 밀었다. 우리 편 모두가 마당을 한 바퀴씩 돌고 나자, 오빠는 대문 옆 흙담에 수레를 세워 놓았다.

"편 다시 짜지 말고 이대로 한 번만 더하자."

양말 집 오빠들은 동생들한테 져서 분한 모양이다. 나는 너무 신이 났다. 이번에는 옥상을 사이에 두고 가위, 바위, 보를 했다. 오빠들은 옥상을 차지하고 우리는 옥상 아래를 차지했다.

"자, 땡!"

오빠 구령에 맞춰 마지막 전쟁놀이가 시작되었다.

현아는 마당에 떨어진 총알을 주워 오빠만 주고 나는 주지 않았다. 얄미웠다. 오빠만 총알이 넉넉해서 내가 질 것 같았다.

대문 밖에서는 계속 사이렌이 울렸다.

"잠깐 휴전."

오빠가 헐렁한 새 운동화를 고쳐 신고는 나무로 덧댄 대문에 얼굴을 대고 밖을 살폈다. 엄지와 검지 손가락을 동그랗게 말고 안전하다는 신호를 보냈다. 우리는 차례대로 화장실도 다녀왔다.

"자, 돌진."

오빠의 구령에 맞춰 다시 전쟁놀이가 시작됐다. 그때 비행기 그림자가 마당 한가운데 나타났다.

"전쟁 중지! 먼저 도망쳐."

오빠가 옥상 꼭대기에서 외쳤다. 적을 막고 서 있는 것처럼 양팔을 벌렸다.

나와 주인집 언니는 마루 깊숙이 들어갔다. 양말 집 오빠들이 현아를 데리고 계단을 뛰어내렸다. 마루 밑으로 현아를 먼저 밀어 주었다.

비행기는 가지 않고 점점 낮게 맴돌았다. 우리가 뭘 하는지 지켜보는 것 같았다.

탕! 오빠를 향해 총알이 날아갔다. 오빠가 후다닥 계단을 내려오다 신발이 벗겨져 넘어졌다. 다행히 오빠는 총알을 피하고 큰 대문 집 대문에 총알 구멍이 생겼다.

"오빠. 빨리 와!"

나는 울먹이며 마루 밑에서 팔을 뻗었다.

"난 괜찮아, 가만히 있어."

오빠가 깨진 무릎을 비비며 일어났다. 눈을 질끈 감고 우리에게 달려오고 있었다.

타당타당탕탕! 이때다 하고 하늘에서 총알이 떨어졌다.

"으흐흐악, 으흐악!"

오빠가 살구나무 아래에 쓰러져 숨을 헐떡였다.

제발 꿈이면 좋겠다. 아니다, 꿈이라고 해도 우리 오빠가 총에 맞는 꿈은 꾸기 싫다.

"으앙, 오빠한테 갈 거야."

현아가 마루 밑에서 발버둥쳤다.

"으흐으악, 오지 마!"

오빠가 입에 힘을 주며 말했다.

"오빠, 아프지? 미안해!"

나는 힘껏 현아를 안았다.

다 나 때문이다. 전쟁놀이할 때 오빠가 내 총알에 맞아서 진짜 총에 맞은 것 같다.

"현석아, 미안해, 조금만 기다려."

쌍둥이 오빠들이 흐느꼈다.

모두 꼼짝 못하고 울기만 했다. 오빠 혼자 겨울이라도 맞이한 것처럼 덜덜 떨었다.

"우리 큰 대문 집 대장이 적들의 총에 맞았다!"

주인집 오빠가 마루 밑에서 흐느끼며 외쳤다.

"우리 대장은 가짜 총을 쐈는데 적들은 진짜 총을 쐈다."

"나중에 크면 우리 대장을 대신해서 적들을 물리치자."

양말 집 오빠들이 목 놓아 울었다.

주먹밥 특공대

국밥 집 막내아들이  들려주는 이야기

우리 국밥 집은 대인 시장에 자리한다. 지금은 전시 상황이라 국밥 집은 임시 부대로 쓰고 있다. 눈을 돌리면 사방이 주먹밥 부대다. 밥심으로 싸우자고 아주머니들이 팔을 걷었다.

우리 가족도 특공대를 결성했다. 아빠가 대장이다. 특기는 힘쓰기다.

"자, 오늘도 힘 좀 씁시다."

엄마의 명령이 떨어졌다. 엄마는 지위가 없지만 실권을 장악하고 있다. 엄마의 특기는 인정이 많고 용맹한 것이다.

"여기, 간 좀 봐주세요."

이모가 갓 담은 김치를 먹기 좋게 찢었다. 우리 국밥 집에서 일하는 '현석이 형'의 엄마다. 이모의 특기는 요리다.

"내가 먹을래."

성격 급한 열네 살 누나가 이모 앞에서 입을 벌렸다. 누나의 특기는 육상이다. 성격은 엄마를 좀 닮았다.

"막둥아, 소금 뿌려라."

엄마가 다 익은 밥솥 뚜껑을 열었다.

열한 살인 나의 특기는 심부름이다. 내가 밥솥에 소금을 뿌리고 엄마가 주걱을 저어 간을 맞췄다. 아빠가 밥솥을 가게 밖에 가져다 놓았다. 우리 특공대는 평상에 둘러앉아 주먹밥을 쌌다.

"아까 헬기에서 말하는 소리 들었어요? 계엄군이 물러난대요."

소식 대원인 넝마주이(헌 종이, 빈 병 따위를 모으는 사람) 아저씨가 나타났다. 이렇게 특공대가 모두 모였다.

"우리 큰아들, 조금만 버티자."

엄마가 눈시울을 적셨다.

열일곱 살 우리 형은 모범생이다. 교내 체육대회에 갔다가 간첩 누명을 썼다. 군인에게 끌려가 억울하게 감옥에 있다.

"가자, 우리의 무기는 주먹밥이여."

아빠가 양동이와 물주전자를 번쩍 들었다.

누나는 빨간 플라스틱 바구니에, 나는 파란 플라스틱 바구니에 주먹밥을 담아 따라나섰다. 소금만 들어간 주먹밥을 사람들은 고맙다며 맛있게 먹었다. 아빠는 군인들한테도 주먹밥을 나눠 줬다.

"적군에게 밥을 왜 줘요?"

누나가 빈 바구니를 흔들며 투덜댔다.

"사나운 짐승도 밥 주면 안 헤치는 법이여, 군인도 사람인데 밥 주면 독하게 못 하지."

아빠는 밥심을 믿는다고 했다.

"우리 먹을 것도 적은데 안 주면 안 돼요?"

나도 입을 삐죽였다.

"살려서 이기는 것이 우리 작전이여, 광주에 있는 한 누구라도 다 먹여 살릴 것이야."

아빠는 반드시 주먹밥 힘을 보여 줄 날이 올 거라고 했다.

우리는 주먹밥을 나눠 주고 돌아왔다. 갑자기 천둥소리가 울렸다. 누나는 아빠 등 뒤로, 나는 엄마 품에 숨었다.

"비행기에서 폭탄이 떨어지나 봐."

나는 하늘이 뚫리는 줄 알고 위를 올려다봤다.

"비행기 말고 헬기라고 몇 번을 말해."

누나가 또 내 머리를 쥐어박았다.

"그게 그거지. 바보 되니까 내 머리 때리지 마."

내가 공부를 못하는 건 누나 탓이다,

"헬기든 비행기든 총으로 콩을 볶는다. 콩을 볶아."

엄마가 내 머리를 문질러줬다.

"큰일 났어요, 헬기 출동하고 전일 빌딩이랑 수협 옥상에서
막 총을 쏴 버렸어요."

넝마주이 아저씨가 달려와 숨을 헐떡거렸다.

"밥들은 먹었대?"

엄마가 넝마주이 아저씨를 붙들었다.

"밥도 밥이지만 수혈이 먼저니까요. 다들 못 먹고 있어요.
얼른 다친 사람들부터 병원에 옮겨요."

넝마주이 아저씨가 발을 동동거렸다.

"어서 가세나!"

아빠가 수레를 끌고 달렸다.

확성기가 다시 울려 퍼졌다.

"헌혈자를 찾습니다. 도청에는 헌혈 차량이 대기 중입니다.
지금 빨리 헌혈해 주세요."

삼삼오오 짝지어 있던 주먹밥 부대들이 웅성거렸다. 엄마가
손뼉을 치며 돌아다녔다. 한데 모이자고 했다. 아주머니들은

조를 나누어 적십자 병원, 기독교 병원, 전남대 병원, 조선대 병원으로 흩어졌다.

"너희는 집에 들어가 있어라."

엄마가 앞치마를 벗어 던졌다. 이모도 전남대 병원으로 따라나섰다.

"야, 병원에 주먹밥 나눠 주고 오자. 엄마한테 말하면 죽는다."

누나가 주먹을 흔들어 보였다.

"엄마가 집에 있으라고 했잖아."

누나 앞을 가로막았다.

"우린 주먹밥을 무기로 사람 살리는 특공대라고."

"그래도 싫어, 엄마한테 나까지 혼날 거야."

나는 울먹였다.

"야, 형이 굶고 있다고 생각하면 모른 체 할 수 있어?"

누나는 눈을 부릅뜨더니 파란 플라스틱 시장바구니에 주먹밥을 잔뜩 담았다.

누나를 가로막은 팔에 힘이 빠졌다. 하는 수 없이, 양동이에 주먹밥을 담았다. 누나를 따라 무작정 달렸다.

분수대 주변으로 피가 흥건했다. 주인 잃은 신발들이 널브러져 있었다. 전남대 병원 버스가 보였다. 그 앞으로 사람들이 엄청나게 긴 줄을 지었다.

"누나, 저기 병원 차 타고 가자."

누나를 부르고 나서 숨을 골랐다.

사방에서 수레가 바쁘게 달렸다. 아빠와 넝마주이 아저씨도 있는지 두리번거렸다.

"뭐해, 그 차 타면 엄마랑 부딪힐 거야. 달리는 게 더 빨라."

육상부 아니랄까 봐, 누나는 다시 달렸다.

천변로를 지나서 적십자 병원에 도착했다. 북적이는 사람들 틈을 비집고 안으로 들어갔다. 소독약 냄새와 피비린내가 진동했다. 하얀 모자를 쓴 간호사가 다가왔다.

"주먹밥 나눠 주러 왔어요."

누나가 간호사에게 말했다.

"고맙구나. 저기 응급실과 수술실은 들어가면 안 되고, 1층 복도와 2층으로 가거라."

간호사가 말했다.

"주먹밥 드세요."

우리는 복도를 돌아다니며 소리쳤다.

병실이 부족해 복도에도 간이침대들이 놓였다. 바닥에 누운 환자들도 많았다. 아래층에서 올라오는 통곡 소리를 들으며 2층으로 올라갔다. 2층은 헌혈하는 사람들로 북적였다.

주먹밥은 금세 동났다. 누나를 따라오길 잘했다. 1층으로 내려와 병원 문을 열고 나왔다. 병원 앞 큰길에 들어서자, 군인들이 지나갔다. 사람들이 슬슬 피했다.

"안 되겠어, 다시 병원으로 가자."

누나도 나만큼 겁을 먹은 것 같다. 내 손을 꼭 잡았다.

우리는 앞만 보고 뛰었다. 다시 병원 문을 열었을 때 등 뒤에서 총소리가 났다.

"먼저 들어가."

누나는 병원 안으로 나를 밀쳤다.

탕, 순간 누나가 쓰러졌다.

"살려주세요. 누나가 총에 맞았어요."

나는 병원 안에서 소리쳤다.

장발 머리 삼촌이 누나를 업었다. 곧장 치료실로 갔다. 어린 학생부터 구해 달라고 소리쳤다. 누나는 눈을 감고 축 늘어져 있었다.

"아까 봤던 학생이잖아."

간호사가 깜짝 놀라 누나를 수술실로 안내했다.

나는 복도에 주저앉았다. 장발 머리 삼촌은 우리 집이 어디냐고 물었다. 국밥 집 이름을 댔더니 나중에 온다고 했다. 그리고 부모님께 빨리 이 사실을 알리라고 했다.

덜컥 눈물이 쏟아졌다. 한 번 터진 울음보가 멈추지 않았다. 너무 큰일이 생겨서 겁이 났다.

"막둥아, 여기서 왜 울고 있어?"

아빠가 눈앞에 나타났다. 땀을 줄줄 흘리고 있었다.

결국 이렇게 들켰다. 나는 누나가 수술 중이라고 말했다. 아빠가 털썩 주저앉더니, 멍하니 천장만 바라봤다.

며칠째 누나 곁에 딱 붙어서 잔심부름만 했다. 아직도 꿈을 꾸고 있는 것 같다. 오늘은 정신을 차려야겠다.

"동생아, 너랑 있기 지겨우니까 밖에 나가 놀래?"

누나가 방에서 나를 몰아냈다.

나도 지겨웠는데 잘됐다. 가게로 나왔다. 엄마가 이모와 배추를 다듬으며 한숨을 쉬었다. 아들을 감옥에 두고, 딸도 저 지경을 만들었다며 가슴을 때렸다. 차라리 야단을 맞는 게 마음이 편할 것 같은데, 아직 야단을 맞지 못했다.

"잘못했어요. 누나를 못 말려서 죄송해요."

엄마 앞에 무릎을 꿇고 빌었다.

"아니야, 너까지 안 다쳐서 천만다행이지."

엄마가 나를 부둥켜안았다.

"지난 일은 잊고 밥심으로 이겨 내자고!"

아빠가 울먹이며 밥솥을 열었다.

다시 주먹밥을 만들었다. 주먹밥이 쌓이니까 기분이 조금 나아졌다. 말로만 듣던 밥심이 생겼나 보다.

따르릉, 가게에 전화기가 울렸다.

"제가 받을게요."

이모가 뛰어가서 전화를 받았다.

"우리 아들 현석이가 전대 병원에 있대요. 가 봐야겠어요."

깜짝 놀란 이모가 앞치마를 벗어 던졌다.

"세상에나, 어서 가 봐야지, 암."

엄마가 이모에게 나가라는 손짓을 했다.

이모가 눈물을 흘리며 가게를 나갔다. 그때 넝마주이 아저씨가 주먹밥을 가지러 왔다.

"잘 왔어, 이것 들고 가서 현석이 엄마에게 주고 와."

엄마가 보따리를 건넸다.

그 안에는 형이 입던 헌 교복이 들어 있었다. 넝마주이 아저씨가 보따리를 들고 이모 뒤를 따라 나갔다.

특공대 임무는 끝나지 않았다. 아빠가 끄는 수레는 도청으로 향했다.

"막둥아, 누나 잘 보살피고 있어라."

엄마는 두 팔을 앞으로 뻗어 수레를 밀었다.

나는 안채로 향했다. 비에 젖은 마당에서 저벅저벅 걸어가는 소리가 들렸다. 조용히 모퉁이에 숨었다. 숨소리도 내지 않고 고개만 돌렸다. 누나가 목발을 짚으며 다녔다.

"목발 선수, 훈련 열심히 해서 나중에는 뛰어 버리자."

누나는 혼잣말로 목발에게 말을 걸었다. 목발을 '선수'라고 부르며 친구처럼 대했다.

"누나 뭐해?"

마루에 앉으며 누나를 쳐다봤다.

"보면 몰라, 우리 목발 선수 걸음마시키잖아."

누나가 환하게 웃었다. 오랜만에 보는 밝은 표정이다. 하지만 눈은 퉁퉁 부어 있다.

"목발이 사람이라도 돼?"

"아니, 하지만 목발 덕분에 난 다리가 네 개다! 부럽지?"

누나가 혀를 내밀었다.

"다리가 네 개면 뭐 하냐? 내가 더 빠르다."

나는 괜한 심통을 부렸다.

누나는 예전 같지 않게 화내지 않았다. 그래도 약이 올랐는지 입은 앙다물었다.

"누가 더 빠른지 나중에 꼭 시합해."

누나가 눈에 힘을 주고 말했다.

"좋아, 두고 보자."

나도 모르게 혀를 내밀었다. 마음과는 다르게 자꾸 입방정을 떨었다.

누나는 목발에 기대어 천천히 걸었다. 달리면 행복하다는 육상부 선수가 거북이 돼 버렸다. 고민이 하나 더 생겼다. 어떻게 하면 누나 모르게 질 수 있을까?

"있잖아, 내가 다리 빼고 다 멀쩡하거든. 손도 멀쩡하고."

누나가 성큼 나에게 다가왔다. 한 대 칠 기세다.

"그래서?"

나는 팔뚝으로 얼굴을 막았다. 아주 자동이다.

"할 수 있는 건 다 할 거야. 노래도 부르고 그림도 그리고 책도 읽을 테다, 그러면 걱정이 달아나겠지?"

누나가 다시 씩씩해졌다.

성격이 급하면 좋은 점도 있다. 누나는 슬프고 우울한 것도 후딱 해치우기로 작정한 것 같다. 그런데 다시 달릴 수 있을까?

어제는 무서운 꿈을 꿨다. "너희들은 포위됐다. 폭도들은 투항하라."라는 확성기 소리를 들었다. 도망치다가 다리가 굳어

서 꼼짝 못하는 꿈이었다. 또 그 꿈을 꾸면 이불에 지도를 그릴 것 같다.

이렇게 걱정이 몰려오면 무조건 밥심을 믿어 보자. 내일은 누나도 주먹밥을 뭉치기로 했다. 그 힘으로 광주도 살리고 형도 감옥에서 나오면 좋겠다. 장발 머리 삼촌도 살아서 다시 만나고, 현석이 형도 무사하면 좋겠다.

학교 가는 길

현석이의 여동생이  들려주는 이야기

우리들의 전쟁놀이에 끼어든 비행기는 방향을 돌리더니, 임무를 다 마친 것처럼 날아갔다.

"누가 과자 가게 아주머니 좀 불러 줘!"

나는 온 힘을 다해 소리쳤다.

주인집 오빠가 쏜살같이 나갔다. 엄마가 혹시 무슨 일 생기면 과자 가게로 가라고 했다. 나한테 말고 오빠한테 한 말이다. 과자 가게에는 홍구 삼촌과 경철 삼촌이 함께 숨어 지냈다.

"으앙, 오빠 추워?"

현아가 이불을 들고 나와 오빠에게 덮어 줬다. 오빠가 벌벌

떨고 있으니까 따뜻하게 해 주고 싶었나 보다.

"안 죽는다고 약속해."

나는 오빠 손가락에 새끼손가락을 걸었다.

오빠가 힘들게 눈을 깜박였다. 오빠는 약속을 잘 지키니까 조금 안심이다. 양말 집 오빠들이 아저씨의 긴팔 셔츠를 가져왔다. 쌍둥이 형이 오빠 몸통을 들면 쌍둥이 동생이 셔츠를 감아 주었다.

"오빠, 눈감지 마."

나는 손가락으로 오빠 눈꺼풀을 들어 올렸다.

그때 과자 가게 아주머니가 헐레벌떡 뛰어왔다.

"아이쿠, 우리 현석이, 불쌍해서 어째!"

아주머니는 바닥에 이불을 펴서 오빠를 눕혔다.

"다 같이 들자."

아주머니와 우리들은 이불 모서리를 잡고서는 그대로 들어 수레에 옮겼다.

"오빠를 살리고 싶으면 넌 현아 잘 보고 있어."

아주머니가 나에게 말했다.

오빠를 따라가려는 나를 말리고 수레를 꽉 붙잡았다. 오빠들이 우르르 수레를 밀고 함께 나갔다.

주인집 언니는 엄마가 일하는 대인동 국밥 집에 전화를 걸어서 엄마에게 전남대 병원으로 빨리 가라고 알려 주고 끊었다.

현아가 열이 났다. 홍구 삼촌네 할머니가 약도 먹이고 업어 줬다. 주인집 언니랑 나는 오빠가 돌아오기만을 기다렸다. 현아가 자고 일어나니까 큰 대문이 열렸다.

오빠가 타고 나갔던 수레를 양말 집 아주머니가 끌고 돌아왔다. 오빠들도 울면서 따라 들어왔다. 엄마는 헝클어진 머리로 수레 옆을 따라붙었다. 지푸라기 거적으로 오빠가 돌돌 말려 있었다.

"오빠, 애벌레 놀이한다."

현아가 지푸라기를 들췄다.

솜이불로 애벌레 놀이하던 오빠가 번데기처럼 꼼짝도 못했다. 난 엄마 치마를 당겼다. 오빠가 어떻게 된 건지 물어 봤다. 엄마는 힘 없이 내 손을 뿌리쳤다. 조마조마했다.

"불쌍한 내 새끼, 아까워서 어떡해!"

엄마가 들릴 듯 말 듯 중얼거렸다. 누구한테 맞은 것도 아니라는데 아랫입술이 터져 피가 맺혀 있었다.

수레가 마당을 돌았다. 오빠가 어렸을 때 유모차로 썼던 수레다. 엄마 아빠는 양동 시장에서 인형 장사를 했었다. 수레에 인형도 싣고 오빠도 태우고 다녔다고 했다.

오빠는 순해서 인형들 속에서 가만히 있었다고 한다. 손님들은 오빠도 인형 같다며 사진을 찍었다고 했다. 그 사진을 본 적이 있다. 인형들 사이에 파묻혀 방긋방긋 웃고 있었다.

오빠는 이불 위에서도 누워만 있다. 간지럼을 태워도 인형처럼 가만히 있다. 홍구 삼촌네 할머니가 물수건으로 오빠를 닦아 줬다. 엄마는 교복이 들어 있는 보따리를 풀었다.

"우리 아들, 교복 입고 학교 다니자."

엄마가 오빠에게 교복을 입혔다. 교복 모자를 씌우고 나서 조심스럽게 어루만졌다.

교복 모자를 쓴 오빠를 보니까 진짜 중학생처럼 보인다. 오빠가 자고 일어나서 거울을 보면 좋아할 것 같다.

"교복도 못 입어 본 애한테 대체 뭔 짓을 한 거냐!"

엄마가 가슴을 쥐어뜯었다.

주인집 아주머니와 양말 집 아주머니가 놀라며 방으로 들어왔다.

"관 들어온단다. 현석이 옷이랑 물건 다 꺼내자."

주인집 아주머니가 말했다.

"내놓을 것도 없어요. 뭐가 있어야 내놓지요. 으흐윽."

엄마가 고개를 가로저었다.

"유품 정리는 우리가 하세."

주인집 아주머니가 양말 집 아주머니 옆구리를 찔렀다.

다 집어삼킬 기세로 보자기가 펼쳐졌다. 맨 먼저 책가방이 불려 나갔다. 옷장 속의 오빠 옷도 끌려 나갔다. 6학년 교과서까지 보자기가 집어삼켰다.

"싫어요! 오빠 물건이라도 가지고 있을래요."

나는 이제야 알아차렸다.

울지 않으려고 꾹 참았다. 오빠가 나였다면 현아가 놀랄까 봐 울지 않았을 테니까.

"오빠가 제 물건 가져가야 찾으러 안 오지."

양말 집 아주머니가 보자기를 묶었다.

그 말을 들으니까 더 주기 싫었다. 오빠가 다시 오지 않을까 봐 걱정됐다. 나는 오빠가 찾으러 오면 된다고 소리쳤다.

"오빠 혼자 가면 외롭잖니, 같이 보내 주자."

주인집 아주머니가 나를 달랬다.

"그럼 내가 따라갈래요."

나는 입술을 깨물었다.

오빠가 천국에 간다고 해도 혼자 가는 건 무서울 것 같다. 양말 집 아주머니가 그런 말 쓰면 못 쓴다면서 나를 다독였다.

엄마는 장판을 들추고 사진을 감췄다. 나도 책상 서랍에서 오빠 필통을 꺼냈다. 태권브이가 그려진 자석 필통이다.

"이건 오빠가 나 준다고 약속했어요. 나 줄려고 아껴 썼어요."

나는 필통을 품에 안았다. 오빠를 잃은 것도 억울한데 이것마저 뺏기기 싫었다.

"알았다, 어서 이 옷으로 갈아입자."

주인집 아주머니가 하얀 옷을 내밀었다.

밖에서 언니와 오빠들이 나를 불렀다. 방문을 열었다. 마루 위에 양말, 만화책, 손수건, 편지가 있었다.

"현석이에게 주는 마지막 선물이야."

주인집 언니랑 오빠, 양말 집 오빠들이 훌쩍거렸다.

빵빵, 트럭이 마당 안으로 들어왔다. 주인집 아저씨가 달려 나갔다. 양말 집 아저씨와 경철 삼촌이 차에서 내렸다. 하나, 둘을 세면서 기다란 관을 끌어내렸다.

우리 집 앞에서 관 뚜껑이 열렸다. 엄마는 방문에 기대앉아 흐느꼈다.

-영정 사진으로 쓰세요.

경철 삼촌이 엄마 곁으로 다가왔다.

지난주 토요일에 찍은 사진인가 보다. 벚꽃 아래서 오빠가 웃고 있다. 엄마가 사진을 어루만지는 사이 관 뚜껑이 닫혔다.

"한 번만 더, 우리 오빠 보여 주세요."

참았던 눈물이 왈칵 쏟아졌다.

"못 보내요, 우리 아들을 내가 어떻게 보내요."

엄마가 관을 끌어안고 통곡했다.

나도 관 위에 고개를 파묻었다. 주인집 아주머니와 양말 집 아주머니도 관 위에 손을 얹고 엎드렸다.

"현석이 생각해서 장례 잘 치르자. 애들 봐서라도 기운 차려야지."

홍구 삼촌네 할머니가 엄마에게 물잔을 줬다.

엄마는 물을 마시고 겨우 일어났다. 나는 현아를 데리고 엄마 뒤만 따라다녔다.

성당에 왔다. 큰 대문 집 사람들, 국밥 집 가족들, 넝마주이 아저씨가 모였다. 미사가 시작됐다. 성당 안으로 천천히 관이 들어왔다. 신부님이 성호경을 긋고 성수를 뿌렸다.

"주님, 어른의 슬픔을 대신 지고 가는 베드로, 현석이를 천국으로 인도하여 보살펴 주소서."

신부님이 기도를 마쳤다.

"하느님, 날마다 우리 오빠를 꿈에 보내 주세요."

나도 간절히 기도했다.

미사가 끝났다. 차를 타고 농성 국민학교 운동장을 돌았다. 진흥원 뒤로 넘어가 과수원 길로 갔다. 차에서 내려 관 뒤를 따라 걸어갔다. 둔덕 아래로 듬성듬성 묘지가 보였다.

남자 어른들이 관을 내리고 삽으로 땅을 팠다. 한쪽에서는 성가가 울렸다. 나는 또 입술을 물었다. 엄마 입술이 왜 터졌는지 알았다.

오빠가 떠난 날에 군인들도 물러났다. 광주는 평화를 찾은 듯했지만, 우리에게는 오빠가 없는 밤이다.

"엄마, 오빠 없으니까 심심해."

현아가 이불 속에서 칭얼댔다.

나도 심심하니까 오빠가 보고 싶다. 오빠가 보고 싶으면 슬퍼진다. 오빠라면 지금 어떻게 할까? 나는 현아랑 애벌레 놀이를 했다.

"얘들아, 엄마가 보물을 숨겨 놓고 깜박 잊었어."

엄마가 일어나 눈을 번쩍 뜨고 장판을 들췄다.

오빠의 돌 사진, 인형이랑 찍은 사진, 아빠가 살아계실 때 찍은 가족사진을 보여 줬다. 엄마는 요즘 자주 까먹는다. 나도 그렇다.

"오빠다."

현아가 오빠 사진을 낚아챘다. 사진만 봐도 기분이 나아지나 보다.

엄마는 책상 서랍 하나를 비우고 오빠 사진만 넣었다. 어느 새 잠이 들었는데 확성기 소리에 일어났다.

"광주 시민 여러분, 지금 도청에는 우리의 아버지, 우리의 남편, 우리의 오빠, 우리의 남동생이 외롭게 싸우고 있습니다. 남자답게 최후까지 남아서 광주를 지켜 내고 말겠다고 합니다. 부디 광주를 잊지 말아 주세요."

시계를 보니 새벽 4시다. 군인들이 다시 쳐들어왔나 보다. 엄마는 아무 말도 하지 못하고 이불 속에서 조용히 흐느꼈다.

"엄마, 오빠는 언제 와?"

잠든 줄 알았던 현아가 입술을 실룩거렸다. 현아는 아직도 오빠를 기다린다.

군인들이 완전히 광주를 떠났다. 다시 학교에 다닐 수 있게 되었다. 오빠가 만들어 준 연습장을 책가방에 담았다. 선전 종이를 모아 철끈으로 묶은 연습장이다.

학교 안 가니까 좋다고 선전 종이로 딱지 접으며 놀았는데 괜히 좋아했다. 종이를 뒤집었다. 오빠가 쉽다며 가르쳐 준

'全(전), 斗(두)'라는 글자에 동그라미 표시가 있다.

그 한자를 이름으로 쓰는 사람은 매일 텔레비전에 나왔다. 우리 오빠도 텔레비전에 나오면 얼마나 좋을까. 아니, 꿈에라도 나오면 좋겠다.

주인집 아주머니가 엄마를 불렀다. 아침부터 기가 막힌 뉴스가 나온다고 했다. 엄마가 주인집으로 달려갔다. 나도 책가방을 메고 나갔다. 아주머니는 텔레비전을 볼 수 있게 방문을 활짝 열어 놨다.

뉴스에서는 광주 사람들을 폭도라고 했다. 군인들이 폭도를 물리치고 나라를 구했다고 한다. 일본이나 북한이 쳐들어오지도 않았는데 왜 나라를 구해야 했을까?

"어서 학교 가야지. 차 조심, 입조심, 잊지 말고 학교 잘 다녀와."

엄마가 대문까지 배웅해 주며 말했다.

엄마는 날마다 입단속을 시켰다. 진짜를 말하면 유언비어라면서 사복 경찰이 잡아갔다. 뉴스는 날마다 거짓말을 한다. 우리 오빠 이야기를 아무도 안 믿어 주면 억울해서 어떡하지?

이다음에 커서 변호사가 돼야겠다. 국밥 집 큰오빠도 고문 당하고 세상을 떠났다. 깔끔한 큰오빠가 청소차에 실려서 망월동 묘지로 갔다. 똑똑하고 착한 오빠는 깨끗한 차를 타고 표창장을 받아야 했다.

학교 가는 길, 기와가 깨진 집의 담벼락에 총구멍이 있다. 벚꽃도 조팝나무 꽃도 다 저버렸다. 상점 유리창은 덕지덕지 테이프가 붙어 있다.

육교에 올랐다.

오빠 학교 친구가 나를 불렀다. 왜 오빠랑 안 다니냐고 물었 다. 온몸에 힘이 빠졌다. 그대로 주저앉았다. 아빠가 없어도 오빠 때문에 견뎠다. 하지만 이제 오빠도 없다.

"현석이라면 어떻게 했을까?"

뒤따라오던 양말 집 쌍둥이 오빠들이 눈치를 봤다.

"현석이라면 업어 줬을 거야. 어서 업혀."

쌍둥이 형이 말했다.

쌍둥이 동생은 내 책가방을 들어줬다. 나는 우리 오빠 등이라고 생각하고 업혔다. 현아도 엄마도 없으니까 실컷 울었다. 마지막으로 어리광을 피우고 싶었다.

교실에 들어왔다. 필통 뚜껑을 열었다. 가지런한 연필 중에서 몽땅 연필 한 자루를 집었다. 천천히 아껴 쓸 거다. 연필이 닳아지면 오빠 흔적도 닳아질 테니까.

오빠가 떠나고 첫 가을을 맞이했다. 바람이 쌀쌀맞다.

'全(전), 斗(두)' 글자가 들어간 이름을 쓰는 사람은 대통령이 되었다. 나중에 어른이 되면 우리 오빠는 착했다고 말해 줘야지. 우리 오빠 이야기를 들려주면 대통령도 뉘우칠 수 있을까?